AF360100

24 Avril 1896.

V

VENTE DU VENDREDI 24 AVRIL 1896

HOTEL DROUOT, SALLE N° 8

à 2 heures

OBJETS D'ART

ET

DE CURIOSITÉ

FAÏENCES DE MOUSTIERS, DE ROUEN, DE LORRAINE, ETC.

PORCELAINES

OBJETS DE VITRINE

FERS ET CUIVRES

VERRES

OBJETS VARIÉS

Appartenant à M. Ch. B., de N....

EXPOSITION PUBLIQUE

Le Jeudi 23 Avril 1896, de 1 h. 1/2 à 5 h. 1/2

<table>
<tr><td>COMMISSAIRE-PRISEUR</td><td>EXPERTS</td></tr>
<tr><td>Me PAUL CHEVALLIER</td><td>MM. MANNHEIM Père et Fils</td></tr>
<tr><td>10, rue Grange-Batelière, 10</td><td>7, rue Saint-Georges, 7</td></tr>
</table>

CONDITIONS DE LA VENTE

La vente sera faite au comptant.

Les adjudicataires paieront *cinq pour cent* en sus des enchères.

L'Exposition mettant le public à même de se rendre compte de l'état et de la nature des objets, il ne sera admis aucune réclamation une fois l'adjudication prononcée.

Paris. — Imp. de l'Art, E. Moreau et Cⁱᵉ, 41, rue de la Victoire.

DÉSIGNATION DES OBJETS

FAIENCES

1 — Plat ovale en ancienne faïence de Moustiers, décor bleu : sujet de chasse, d'après Tempesta ; bordure de rinceaux. — Long., 64 cent.; larg., 51 cent.

2 — Plateau à bords contournés en ancienne faïence de Moustiers ou d'Ardus, à décor bleu : Vénus et Apollon, amours, cariatides et draperies.

3 — Bassin à bords contournés en ancienne faïence de Moustiers, décor bleu : Amour, animaux et draperies.

4 — Plat long, décor orangé de sujets grotesques, en ancienne faïence de Moustiers.

5 — Hanap-casque, décor bleu de figures allégoriques et rinceaux, en ancienne faïence de Moustiers.

6 — Plat long, à décor polychrome, en ancienne faïence de Moustiers : personnages et guirlandes.

7 — Plat long, décor bleu, en ancienne faïence de Moustiers : fleurs et bordure étroite de rinceaux.

8 — Plat rond à bords festonnés en ancienne faïence de Moustiers, décor orangé : sujets grotesques.

9 — Assiette, décor bleu : cartouche contenant un navire et timbré d'un casque avec deux lions comme supports. Ancienne faïence de Rouen. (Vente Antiq.)

10 — Plateau sur piédouche en ancienne faïence de Rouen, décor bleu : oiseau au milieu d'une rosace.

11 — Autre plateau, décor bleu rayonnant, même faïence.

12 — Écuelle avec couvercle en ancienne faïence de Rouen, décor polychrome de fleurs.

13 — Deux assiettes en ancienne faïence de Rouen, décor à la corne.

14 — Assiette en ancienne faïence de Rouen, décor à la corne tronquée. (Vente du général Mellinet.)

15 — Assiette en ancienne faïence de Rouen, décor d'oiseaux et branches fleuries. (Vente du général Mellinet.)

16 — Plateau creux, décor polychrome : corbeille de fleurs et guirlandes. Rouen.

17 — Porte-huilier en ancienne faïence de Rouen, décor polychrome de fleurs avec mascarons en relief.

18 — Jardinière-applique en ancienne faïence de Rouen, décor bleu et rouille, lambrequins.

19 — Légumier avec couvercle, décor bleu à la corne. Rouen.

20 — Bannette oblongue à bords festonnés en ancienne faïence de Rouen, décor polychrome au carquois. (Vente du marquis d'Iquelon.)

21 — Bannette à huit pans en ancienne faïence de Sinceny : corbeille de fleurs et quadrillés en couleur.

22 — Boîte ronde à compartiments avec couvercle en ancienne faïence de Nevers, décor bleu de style chinois. (Vente Huchet.)

23 — Potiche ovoïde, décor bleu de style chinois, en ancienne faïence de Nevers.

24 — Deux pièces : gourde et petite bouteille, décor bleu et manganèse, fleurs et bandes ornées, en ancienne faïence de Nevers.

25 — Vase cylindrique à décor bleu : sujet de chasse, en ancienne faïence de Nevers.

26 — Petit vase pot-pourri, décor blanc et orangé, sur fond bleu, en ancienne faïence de Nevers.

27 — Plateau creux, décor bleu, de style chinois, personnages et rinceaux. Nevers.

28 — Deux pièces : plateau rond et plateau coquille, à décor bleu : personnages. Ancienne faïence de Nevers.

29 — Cinq assiettes patronymiques en ancienne faïence de Nevers, datées 1768, 1771, 1775 et 1780.

30 — Deux assiettes, décor bleu : l'une, à fleur de lis, ancres et couronne royale ; l'autre, à la haie fleurie. Nevers.

31 — Flacon à thé avec bouchon, en ancienne faïence de Delft, décor bleu.

32 — Vache debout, décor bleu, en ancienne faïence de Delft.

33 — Trois assiettes polychromes en deux dessins, en ancienne faïence de Delft.

34 — Potiche avec couvercle, décor polychrome : paysage et fleurs. Faïence hollandaise, signée : *L. Pkam*.

35 — Plat rond, décor polychrome : oiseau. Delft.

36 — Deux assiettes, à décor polychrome d'oiseaux et de fruits, en ancienne faïence de Sceaux.

37 — Jardinière quadrilatérale, décor de fleurs et hachures. Sceaux.

38 — Cinq assiettes à décor d'oiseaux avec hachures roses au marli ; ancienne faïence d'Aprey.

39 — Pot à eau et cuvette, décor doré ; ancienne faïence de Lorraine.

40 — Assiette à décor d'oiseaux et papillons ; ancienne faïence de Marseille.

41 — Deux assiettes à décor de paysages et d'insectes, en camaïeu rose ; ancienne faïence de Lorraine.

42 — Porte-huilier à pourtour ajouré et décor polychome, en ancienne faïence de Niederwiller ; le châssis manque.

43 — Figurine de paysan accoudé à une balustrade. Lorraine.

44 — Deux légumiers avec couvercles : l'un, décor de fleurs, Strasbourg ; l'autre, rehaussé de dorure, Saint-Clément.

45 — Plat rond, décor de fleurs. Strasbourg.

46 — Assiette en ancienne faïence d'Alcora, décor polychrome : musicien et animaux.

47 — Assiettes en ancienne faïence dAlcora, décor bleu :
personnage et fleurs.

48 — Deux pièces : plateau à décor de fleurs en couleur et
en blanc sur fond bleuté, Saint-Amand, et assiette, décor
de fleurs avec bordure à filet jaune, faïence du Midi.

49 — Vase à panse ovoïde, décor bleu de paysages, personnages et animaux ; faïence du Midi.

50 — Vase avec couvercle, à décor de branchages en relief ;
faïence du XVIIIe siècle.

51 — Plat à barbe, faïence polychrome de Nantes à motifs
rocaille, monogramme et fleurs de lis.

52 — Cartel porte-montre à colonnettes et corbeille de fleurs ;
faïence du temps de Louis XVI.

53 — Six pièces, faïence : soulier, trois salières dont une
avec couvercle et deux moutardiers, l'un d'eux avec couvercle.

54 — Quatre petits animaux variés ; faïence.

55 — Trois carreaux variés ; terre vernissée. XVe siècle.

56 — Vase orné d'une tête de chérubin ; faïence italienne du
XVIIe siècle.

57 — Plat, faïence blanche italienne.

58 — Pigeon en faïence de Nevers, décor bleu.

59 — Deux jardinières dont l'une en forme de commode, décor bleu ; l'autre à décor polychrome : paysage et feuilles. Faïence du xviiie siècle.

60 — Plat ovale, décor bleu ; semis d'insectes et d'oiseaux. Faïence italienne ou de Nevers du xviie siècle. Collection Ploquin.

61 — Gobelet en faïence, à fond bleu.

62 — Statuette en céramique : la Baigneuse, d'après Falconnet.

63 — Deux pièces : pot à eau, décor de fleurs, faïence, et petit vase en terre.

64 — Trois pots-attrappe variés, faïence et terre vernissée, l'un daté 1807.

65 — Trois cruches variées, grès et terre vernissée.

PORCELAINES

66 — Deux statuettes en biscuit de Sèvres : Nymphes et faunes musiciens.

67 — Pendule Empire en biscuit, ornée d'une statuette de fillette assise, regardant le cadran ; un amour, placé au sommet, allume un cœur de sa torche ; garnitures de bronze.

68 — Douze tasses et douze présentoirs en ancienne porcelaine tendre de Saint-Cloud, décor bleu identique dans

les tasses, en deux dessins pour les présentoirs. Marque
de Trou, directeur de la manufacture, sur la plupart de
ces pièces.

69 — Pot à crème en ancienne porcelaine tendre de Mennecy;
fleurs.

70 — Deux tasses droites et leurs soucoupes en ancienne
porcelaine de Paris; décor de fleurs sur fond doré.

71 — Boîte cylindrique en ancienne porcelaine de Chine,
famille rose, avec couvercle en ancienne porcelaine de la
Compagnie des Indes.

72 — Boîte, décor de fleurs. Porcelaine d'Allemagne.

OBJETS DE VITRINE

73 — Boîte ronde Louis XVI en écaille blonde, au ballon.

74 — Trois boîtes variées, l'une oblongue en ivoire d'hip-
popotame monté argent doré, les autres rondes en verre.

75 — Boîte ovale en argent gravé Louis XVI.

76 — Miniature : Sujet galant dans la manière de Klingstedt.

77 — Bague en or gravé : chaton formé d'une intaille : divi-
nités marines. XVIIIe siècle.

78 — Bague en or, à chaton formé de petites rosaces.
XVIe siècle.

79 — Bague en or, chaton de verre blanc orné d'une fleu-
rette.

80 — Trois bagues variées, argent, argent doré et or.

81 — Bijou-pendentif en forme de croix en or gravé, ajouré
et émaillé.

82 — Quinze bagues en argent, à chatons ornés d'intailles,
ou gravés à décor de monogrammes, de diverses époques.
(Sera divisé.)

83 — Sept bagues, cuivre, à chatons, chiffres, armoiries,
figures, etc., de diverses époques.

84 — Montre quadrilobée en argent doré et émaillé, et cuivre,
et enrichie de stras : décor d'animaux. Signée : *Cox,
London.*

85. — Montre Louis XV, à double boîtier en argent et émail,
à personnages.

86-87 — Deux montres : l'une en argent gravé et cuivre,
signée *Nicolas Bouquet;* l'autre en cuir clouté de cuivre,
monogramme. XVIIe siècle.

88 — Deux pièces : figurine, travail araucanien, et cachet en
or émaillé.

89 — Pièce de monnaie d'or de Bourgogne. XIVe siècle.

90 — Deux pièces de monnaie d'or incrustées dans un
disque d'argent.

91 — Pièce de monnaie d'argent à l'effigie de Louis XV.

92 — Deux petites médailles, en argent, l'une de sainteté, l'autre à l'effigie du duc de Bordeaux.

93 — Sept médailles, plomb et bronze : Louis XVI en souvenir de l'abolition des privilèges, Charlotte Corday, la Commune de Paris en souvenir du 10 août 1792, général Bonaparte, les trois Consuls, baptême du Prince impérial et Hôtel-Dieu de Nantes.

94 — Matrice de sceau en bronze : Louis, duc de Vendôme.

95 — Trois pièces, bronze : cachets et matrice de sceau.

96 — Vingt-deux pièces, cuivre et plomb : boutons et médailles.

97 — Sept pièces : monnaies et médailles variées, dont une mérovingienne en or.

98 — Trois petites boîtes dont deux en argent, une en or contenant des médailles de mariage.

99 — Deux pièces : médaillon-cœur, cristal et argent, et clé de montre, cuivre.

100 — Environ seize pièces : croix, clés de montres, boucles, appliques, cachet, etc., argent.

101 — Trois pièces : coupe en émail Louis XIII et deux soucoupes en émail du xviiie siècle.

102 — Quatre petites coupes à déguster en argent du xviiie siècle : effigie de Louis XV, godrons, figure de pèlerin avec l'inscription : *Charton, maître de poste royale, à Saumur*, et grappes de raisin.

103 — Cinq pièces : croix, épingle de coiffure araucanienne, deux fragments et lampe de style antique en argent.

104 — Petit gobelet russe en argent niellé.

FERS ET CUIVRES

105 — Trois petites clés antiques.

106 — Clé à poignée percée d'arcades. Époque romane.

107 — Quatre clés à poignée percée de rinceaux gothiques. Commencement du xvie siècle.

108 — Dix-neuf clés variées de diverses époques, dont une en fer en forme d'étau. (Sera divisé.)

109 — Poinçon gothique en fer dans son fourreau.

110 — Coffret porte-missel à pentures et fenestrages gothiques en fer.

111 — Statuette en bronze de divinité marine debout, un bras surélevé, l'autre tenant un filet. Travail italien. Socle en marbre.

112 — Marteau de porte italien en bronze : mascaron et chien.

113 — Poignée en fer ornée d'une tête chimérique.

114 — Figurine-applique d'enfant satyre en bronze.

115 — Deux Christ en bronze.

116 — Figurine en bronze : Femme debout portant une corbeille de fleurs.

117 — Seau en bronze de forme hexagonale. xıv⁰ siècle.

118 — Médaillon en étain : buste de Robespierre en costume Louis XVI.

119 — Série de poids en bronze. xvıı⁰ siècle.

120 — Cinq poids variés. Bretagne.

121 — Mortier en bronze, avec inscriptions et fleur de lis. xvıı⁰ siècle.

122 — Mortier en bronze : inscriptions et contreforts. xvıı⁰ siècle.

123 — Mortier en bronze : cariatides et médaillons. xvıı⁰ siècle.

124 — Mortier en bronze : contreforts et figures en bas-relief. xvıı⁰ siècle.

125 — Petit mortier en bronze : bustes et cariatides. xvııı⁰ siècle.

126 — Sept pièces : trois mortiers et quatre pilons, bronze. xvıı⁰ siècle.

127 — Pot à eau en cuivre avec couvercle.

128 — Deux pièces : navette en acier ajouré, à décor de rinceaux, xvıı⁰ siècle, et petit outil en acier Louis XVI.

129 — Horloge de table, en cuivre gravé. xvıı⁰ siècle.

130 — Deux paires de flambeaux-colonnettes, cuivre argenté. Fin du xviiie siècle.

131 — Deux flambeaux en bronze. Empire.

132 — Deux flambeaux, bronze.

133 — Trois chandeliers variés, bronze.

134 — Huit pièces, cuivre : deux médaillons bas-reliefs, agrafe avec l'inscription : *Vive Henri cinq*, et cinq boucles variées.

135 — Trois pièces : deux éteignoirs et mouchettes en bronze et plomb.

136 — Trois pièces : petit couteau, cuiller et fourchette, cuivre. xvie et xviiie siècles.

137 — Petite trousse de dentiste.

VERRES

138 — Vase en verre blanc, émaillé à fleurs. Travail espagnol.

139 — Gobelet en verre blanc émaillé à fleurs et inscriptions. Espagne.

140 — Crachoir en verre blanc émaillé à fleurs, style chinois. Espagne.

141 — Verre à pied gravé : allégorie au vin. xviie siècle.

142 — Verre gravé, décoré d'armoiries et contenant des dés.

143 — Verre à pied gravé avec couvercle. xviiie siècle.

144 — Flacon en verre émaillé. xviiie siècle.

145 — Huit pièces variées, verre teint et incolore.

OBJETS VARIÉS

146 — Neuf pièces : pierres taillées préhistoriques.

147 — Deux haches celtiques en bronze.

148 — Quatre pièces : pointe de javelot en bronze antique et fragments de fibules.

149 — Fragment circulaire en bronze antique.

150 — Verre antique cylindrique.

151 — Petite figurine en bronze antique : divinité.

152 — Lot de fragments antique variés.

153 — Boucle en bronze. Époque franque.

154 — Statuette allégorique de personnage à double face debout, tenant un serpent, bois sculpté et peint. xvie siècle.

155 — Deux pièces : petit panneau en bois sculpté, tête casquée et bas-relief en carton : le Calvaire.

156 — Bas-relief en albâtre teinté : saint personnage. xvie siècle.

157 — Deux pièces, bois sculpté : figurine d'enfant nu, et statuette casse-noisette.

158 — Deux couteaux de poche, l'un en cuivre; l'autre plaqué de nacre, garni argent gravé.

159 — Deux boîtes de forme contournée en bois sculpté ; sur l'une, saint Hubert ; sur l'autre, personnages. xviiie siècle.

160 — Deux boîtes variées, ivoire et os : sur les couvercles, têtes de Napoléon Ier et de Louis David.

161 — Deux boîtes, bois frappé et os : sur l'une, buste de Louis XVIII ; sur l'autre, Henri V.

162 — Cinq boîtes : écaille blonde, écaille brune, nacre, ivoire ajouré et carton avec portrait de jeune souveraine.

163 — Petit flacon en nacre et cuivre. xviiie siècle.

164 — Trois petits flacons, forme balustre, en verre moulé, dont deux fleurdelisés.

165 — Trois pièces, ivoire : navette et deux insignes en forme de main.

166 — Râpe à tabac en ivoire ; scène galante. Époque Louis XIV.

167 — Râpe à tabac en ivoire : Flore. Époque Louis XIV.

168 — Râpe à tabac en ivoire : personnages. xviie siècle. (Vente Maze.)

169 — Râpe à tabac en ivoire : buveurs.

170 — Râpe à tabac en ivoire : décor de cannelures.

171 — Râpe à tabac en bois : armoiries et fleurs. xviiie siècle.

172 — Râpe à tabac en bois : chiffre couronné ; au revers : sujet biblique. xviiie siècle.

173 — Quatre râpes à tabac en bois présentant saint Michel, le Christ en croix, les emblèmes de la Passion et un ostensoir avec rinceaux. xviiie siècle.

174 — Grande rape à tabac en bois : aigle d'Empire et date 1735. xviiie siècle.

175 — Quatre rapes à tabac variées. xviiie siècle.

176 — Étui cylindrique en pailles de couleur.

177 — Trois pièces : écrin en maroquin, pipe et chalumeau en argent.

178 — Pulvérin en corne gravée : Ève et le serpent.

179 — Stylet à emblèmes maçonniques ; poignée d'ivoire.

180 — Deux matrices en bois : armoiries de Bretagne.

181 — Petit gobelet en corne orné de trophées.

182 — Petit meuble à trois tiroirs, en acajou, garni de cuivres.

183 — Cinq gravures : portraits du duc de Bordeaux, de Mademoiselle d'Artois es de Mlle Georges du Théâtre-Français, le général Charette, Hébé.

184 — Lot de gravures.

185 — Un volume, *Traité des monnaies d'or et d'argent*, par Bonneville, 1806.

186 — Un volume, tome II, des *Mémoires pour servir de preuves à l'histoire de Bretagne*, par Dom Morice, 1744.

187 — Huit volumes variés : *Marques des faïences*, par Mareschal, 1873-1874 ; l'*Art du blason*, 1659 ; *Histoire de Lorraine*, 1711, etc.

188 — Quatre pièces : trois chaussures, l'une en cuir, les autres en soie, et bretelles brodées.

189 — Deux panneaux de tapisserie au point pour sièges : sujets mythologiques. XVIIIe siècle.

190 — Feuille d'écran en tapisserie au point, à fleurs.

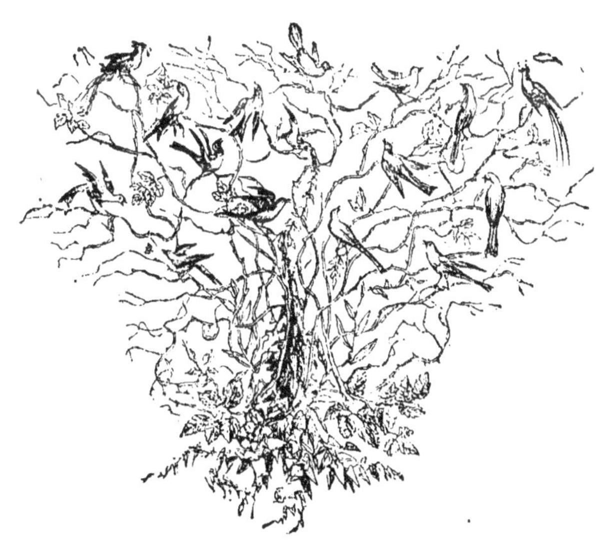